文芸社セレクション

天空《そら》の雫

のぎ ゆうた

JN106918

文芸社

毎夜、天空を見上げては生を受けることの無かった子らのことを考える、見守っていてくれているだろうかと。毎朝、地と空を見ては生を受けた子供らのことを考える、子供らが地に足をつけ生きているか、顔を上げ前へ進んでいるだろうかと。だが、まずは自分が前に進まなければと空を見上げ深呼吸して仕事に向かう。

よく耳にし、目にもする不妊症。対して最近ようやく耳にするようになり、助成金も始まった不育症。20数年前に私はそう診断された。その頃は病名さえも聞いたことがなかった。そんな私のお話。

結婚して22年目に離婚をした。その結婚生活はとてつもない険しい山に登り断崖絶壁を転げ落ち出口のないジャングルの奥地をさ迷い歩いているようだった。

結婚1年目は、二人で過ごす時間にしようと決め楽しく過ごすことに努めていた。だが、旦那は結婚前に仕事中に何度も意識が遠のき度々救急外来のお世話になっていた。その頃は心の病にも現在のように細かく分類された病名も無く訴える症状への対症療法しかなかった。何度検査してもどんな検査をしても原因が判らない。私も何の知識もなかった為に直ぐに治るものだと考えていた。少しでも体調が良くなればとそれを一番に考えていた。だが、旦那の病状は一向に良くなることがなく、一進一退を続ける結婚生活になっていた。仕事には出るものの、体調が良ければ夜9時までパチンコをし、体調が悪ければ家に帰ると寝ていることがほぼ100パーセントだった。一度寝込むとなかなか起き上がることが出来ない。酷い頭痛、動悸、呼吸の乱れなどに悩まされ、夜は不安になると眠れず傍にいてほしいと頼むことも少なくなく、私が枕元で正座して手を握り一晩中いるという事もめずらしくはなかった。（途中で私が眠ると眠れない旦那に起こされるのだ。）後になって考えてみると、まだこの頃は旦那が元気な日が多かった気がする。仕事に出られるときは仕事に行って欲しかったから通院先へも私が薬を貰いに行っていた。

先生からもそれで構いませんよ。と、言われていたから。旦那の症状を私から聞いて確認すると、先生は必ず一言付け加えてくれた。「今はうつ病とはいえないのだけど、奥さんの一言でうつ病を発症する危険もありますから気をつけてくださいね。」と。

「と、言われますと。先生、どういうことでしょう?」と思わず聞いてみた。先生は「例えば夫婦喧嘩をした時に強い口調で相手を責めてしまったりした場合にそれが元でひどく落ち込んでしまい、気持ちが後ろ向きになってしまうとよくないですからね。」と返事が返ってきた。ということは、私は旦那に対して感情的になってはいけないということと理解したのだが、この先生の言葉がこの後長年にわたり私を苦しめることとなってしまった。

　旦那は、人ごみを嫌い、大音量を嫌がり遠出を避けたがる為に二人でどこかへ出掛けることも数えるほどしか無かった。本心をいえば、結婚前から二人で出かけたかったし、遊びにも行きたかったが、体調が悪いと言われると我慢するしかなかった。聞き分けの良い人を演じていたというよりも、まぁ、その判断が一番正しいと自分を言い聞かせていた。自分が好きになった人だからなぁ。まぁ、自分が自ら選んだ道だからと。

時が経つにつれ、次第に何故だ？　どうしてだ？　という思いが自分の中で大きくなり疑問符ばかりが身体中を駆け巡っていた。

そういう私も度々高熱をだしていた。40度近い熱は驚くことでもなく、旦那が仕事に出ている時は、おでこが狭い為、子供用の冷却シートを買って帰ってもらうことが頻繁にあった。旦那は不思議に思っていただろうが、私としては子供の頃からあったことなのでそんなに不思議には思っていなかった。そんな中、1年が過ぎた頃、妊活を始めようと二人で考えた頃……。

妊活を始めてすぐに生理が止まり、おや？　これは？　と、嬉しくて口元が緩みっぱなしだった。まずは近所の開業医に行ったのだが、病院へ行ったのが早すぎたのか妊娠の確定はいただけず、少し心配になり、その後、総合病院の方が後々何かといいかもしれないということで総合病院へと行った。病院で「おめでとうございます。」と言われた時の嬉しさは何物にも代えがたく、この喜びを旦那と共有すれば少しでも旦那の気持ち的な部分も良くなり体調も楽になるのではないかと勝手に思い込んでいた。病院から帰宅後にすぐ、旦那に伝えると旦那も喜んでいた。この世の天下を取ったかのように。義両親にもすぐに伝えた。とても喜んでくれたことでこのまま順調に進んでいくものだと勝手に思っていた。

翌日、下腹部に不快感を感じたのと同時にトイレに行くと出血していた。病院へ問い合わせると自宅で安静にしていてくださいと言われ、自宅療養を余儀なくされた。義母が気遣ってくれ食事を持ってきてくれたりもし、気をまぎらわせるようにいろいろと話し相手をしてくれていた。有難かった、だが、義母の帰宅後、その日のうちに今までに感じたことのない腹痛に襲われ仕事中の旦那を家に呼び戻した。旦那の車で病院に向かう途中、何か軟らかい固形物が私の身体からするっと出てきたのを感じた。気持ち悪い感触と共にそれが我が子だと確信してしまった。何とも言えない悔しさに似た感情を感じながら、車の中で旦那に「ごめん。だめだったわ。」と伝えたのは覚えている。

旦那は必死に運転していたのだろう、何も答えてはくれなかった。

病院に着くと、診察をした病棟担当医が「もう、流産していますのでこのまま掻把します。」と、冷静に言った。掻把とは、子宮内に残っている胎盤等の内容物をきれいに取り去る処置のことなのである。処置室に案内され、診察台に促される。

「下着を脱いでね。」と冷静に言われるが、私は、「先生、ここに私の子供がいるの。ここにいるの。だから、下着は取りたくない。」とは声に出すことができなかった。でも仕方ないのだ。流産していると言い切られてしまったのだから。

後ろ髪をひかれる思いで処置用の椅子に座る。

椅子が傾き担当医の処置が始まる。担当医が言った。「もう流産しているから麻酔をかけずにこのまま処置するから少し痛いけど、我慢してね。」と。何のことだか理解できずに宙を仰ぐ私。何やら器具がガチャガチャとぶつかる音だけが処置室に響く。余計に恐怖心が増すのだ。

　処置が始まるとその意味が判った。痛い！　イタイ！　とにかく痛いのだ。何と表現していいかわからない痛さだ。声が漏れる。すると担当医が、「我慢して！」と言う。「できるかあい！」と思いながらも必死で声を殺した。どれくらいの時間がたったのだろうか。「終わりましたよ。大丈夫だからね。」という看護師さんの言葉で我に返った。痛みで意識が朦朧としている。

「今日はこのまま自宅で安静にしていてください。」そう言われ自宅に帰った。私は身体的にもメンタル的にも衝撃を受け、何も話せなかった。旦那も何も話さなかった。旦那もショックが大きかったのだろうと思ったのを覚えている。その日の夜、友人との電話で今日の出来事を伝えると、「今頃はさ、10人にひとりは流産するらしいからそこまで落ち込む必要も無いんちゃう?」と慰めのように言われた。「二人目は大丈夫なんちゃうか、妊娠するってことは、わかったんだから。きっと。」と言って慰めてもらった。友人は精一杯の慰めの言葉をかけてくれていたと思うのだが、その時の自分には慰めの言葉にはならなかったのだ。が、友人が絞り出してくれたその精一杯の気持ちが嬉しかった。

自分の中に罪悪感を持ちつつも、何の疑いもなく、二人目は大丈夫なんだと高を括っていたところもあった。友人の言葉もあり、強引に自分を納得させ眠りについた。

術後一週間は自宅療養となった。仕事を休むこととなり、自宅で療養し、仕事復帰した。仕事をしていた為に忙しくしていたことから気が紛れる時間も多くメンタル的には落ち着いているように思えた。というよりも落ち込む暇さえないほど仕事に追われていたんだよね。責任のある仕事を任されていたのだ。

子宮が元の状態に戻るまでは妊娠は避けなければならない。数回通院し担当医に子宮の状態を確認してもらったあと、妊娠しても大丈夫というお墨付きをいただいた。

　それからほどなくして二人目を妊娠することができた。病院での診察でもエコーにちゃんと心拍が確認できていた。「おめでとうございます。」という担当医の言葉も半信半疑ではあったものの、それでも嬉しかった。今度は母子手帳も受け取り優雅なマタニティライフが送れるものと信じていた。前回のような出血もなく過ごしていた。若干の悪阻もあったことが今回は大丈夫だと思わせてくれていたのだが、ある時、悪阻がパタッと無くなった。おや？　おやおや？　と心の中で首を傾げる自分がいた。10週目の検診で「心拍が確認できません。」と担当医の言葉がでてきた。私の頭の中は？でいっぱいになった。「先生、どういうこと？」と思わず担当医に聞き返した。担当医はエコー画面を指さし、「ここにあった心拍が今日は確認できません。来週もう一度診察を受けてもらって、もう一度心拍の確認をしましょう。」と、言う。

また、私の頭の中は？でいっぱいになった。

「どうして？」悪阻は弱いものの若干の気持ち悪さはあったぞ。前回と違い、妊娠が疑われた時から十分に気を使ってきたのに。

何とも言えない気持ちのまま病院を出て駐車場で車に乗り込むと私の目から生暖かい液体が零れ落ちてきた。運転席に座ったままキーを回すことができない。あふれ出てくる物が止まらず、目を開けることができないのだ。車のハンドルに頭を突っ伏してどれ位の時間が経っていたのだろうか、仕事にも戻らなければならない。このままではまともに仕事ができるとも思えないが自宅に帰ると余計にこのまま沼の奥底まで沈んでしまう気がした。取り敢えず少しでも気持ちを落ち着かせるために少し遠回りをして会社に戻り、その後の仕事を放心状態のままこなしたはずである。

会社へ戻る前に旦那にその旨を伝えた。だが、その時の旦那の反応も言葉も私は一切覚えていない。記憶から消えているのだ。その後の一週間を悶絶するような思いで過ごしたのだ。信じたくない気持ちと突き付けられた現実と。それでも仕事はこなさなければならない。自分の心の状態を平常に保つことで精一杯だった。旦那の体調を顧みることもあまりできていなかったであろうと思われる。正直、全く記憶がないのだ。

一週間後、病院へと足取り重く診察を受ける為に向かった。この一週間、自分の気持ちの中で数え切れないほどの自問自答を繰り返した結果、多分ダメだろうなと自分の中で感じるものがあった。悪阻が無くなっていることを身をもって感じていたからだ。診察後の担当医の言葉は「心拍の確認がやはり取れません。流産となりますので、掻把の処置をできるだけ早めにしてください。」「入院の手続きをして帰ってくださいね。」淡々と話す担当医の言葉もあまり耳には入ってこなかった。

「あー、また麻酔なしのまま処置するのか。」

「痛いんだよな。」「あれは嫌だよなぁ。」そんなことばかりが頭をよぎった。担当医の話をうわの空で聞いていたのだが、担当医から「今度はちゃんと麻酔して手術しますから。」と言われたことで少し安堵した。担当医から手術日を提示されたが、仕事の予定を考えて2週間後を指定したところ、担当医はできるだけ早くと言う。子宮内に残っている心拍の確認できない子供をそのまま子宮に残すことは母体にはよくないという。がん化する可能性もあるらしい。結局、担当医の指定する日に掻把手術を受けることとし、入院の手続きをして帰った。病院を出て駐車場で車に乗ると、再び自然と涙が零れ落ちてきた。至らぬ母でごめんねと自分を責めつづけた。何故だか理由が判らないのだが悪かったであろう点をあげるときりがない。生活習慣がよくないのか、仕事を続けていたのが悪いのかとか全てが悪かったようにも思えるのだ。自分の気持ちが坂を転がるように落ち沼に沈み込んでゆく。沼の底まで落ち込んだまま職場に流産のことを伝える。その頃はまだ、ハラスメントなんて言葉もなかった頃。上司から「二度も流産したんだから、もう子供は諦めるよね、普通。」と私の気持ちに追い打ちをかける言葉をいただいた。私の頭が寺の釣り鐘のように叩かれた感じ？　立ち直るには時間がかかるかもしれないとその時は感じたのだが、何やら自分の中で湧き上がるものを感じた。このままこの人たちに言われるままでは悔しい。自分のこの先の人生をこの人たちに決められるのだけは嫌だ！　私は、私の子供をこの手に抱きたかった。

だが、私の気持ちに反して周りは二度目の流産となると、皆、言葉少なく声がなかった。会社以外では、二度目の流産を伝えることはあまりなかった。

ある友人は「流産するのはその子の遺伝子異常なのだから母に問題はないよ。その子の力が弱かったんだよ。自分のせいじゃないよ。」と言ってもらえたのが唯一の心の支えとなった。その言葉を自分の中で正当化しなければ地に足をつけ立っていることが出来ない位、心は病んでいたのかも知れない。だが、自分の周りを見ても二度、流産を繰り返す人が見当たらないのだ。私のこの気持ちを理解してもらえる人はいないのかもしれないと思いつつできるだけ平常心を装った。旦那に、一瞬溜息をされたのは覚えている。その溜息がどんな意味だったのか、どんな言葉を発したのかもあまり覚えていない。そう、慰めてもらった記憶もない。旦那としてはショックだったに違いないが私には言わないだけだったかもしれない。旦那は何も言わず離れた所から佇むタイプで私としては、何を言わずとも寄り添ってくれるだけでもよかったのにな。と今、思う。

旦那と二人で話し合うこととした。今後、また妊娠を望むのかこのまま二人で暮らしてゆくか。結論は、もう一度頑張って無理ならば、二人でこの先暮らしていこうと。旦那の病状も安定しているようなそうでないような微妙な感じだった。その頃はストレスという言葉もポピュラーではなかった。今思えば旦那の病状はストレスからきているものだろうと想像できるが、医師からは原因不明といわれる症状で床に就いていることも多々あった。いくら保険がきくからといっても入院、手術を繰り返すのも金銭的にも辛いものがあったのだ。二人共正社員であっても私は一連の処置で有給休暇を使う。旦那は自分の体調不良で有給休暇を使う。有給休暇も上限がある。上限を超えれば給与が減額される。でも、子供をこの手に抱きたかった。まだ諦めたくはなかった。自分のエゴかもしれないが、私は子供の頃から家庭の中で唯一の味方は母親だけだった。それが根底にあり自分の味方というか自分の傍に力となってくれる人が欲しかったのかもしれない。自分の我儘と知りつつも私は我が子が欲しかった。子供も好きだし、両方の両親に孫を見せてあげたかった。もう一度頑張ろうと二人で出した結論。その頃、旦那の体調もまだ良かった頃だったためにお互いに心を奮い立たせることができた。

なのに、それと同時期に旦那は職場のごたごたと自分の体調のことを理由に退職してしまう。金銭的なものを全て私一人の力によってやっていかなければならないのだ。先の見えない生活を考えるとお先は真っ暗なのだが、もう一度子供を、という気持ちが勝っていた。

今はまだ、少しの蓄えはある。それを次の子に託そう。そう考えた。担当医から提示された妊娠禁止期間を終え、担当医からの大丈夫ですよ、という言葉をいただき三度目の妊娠に向けて試みる。思いのほかすぐに妊娠したことが判明した。妊娠検査薬を使い、妊娠を確認するとすぐに病院の予約を入れた。病院で担当医から「おめでとうございます。」と言葉をいただくが、私にとってはこれがおめでとうではないのだ。冷静に担当医の言葉を聞き、担当医からも「三度目ですよね。慎重に行きましょう。」と言葉をもらった。この子が無事に育つように、無理はしない。ストレスも溜めない。食事も気を付けた。仕事をしながらの妊娠だったのでとにかくメンタルの部分に気を使ったのを覚えている。とにかく毎日明るく楽しく過ごすようにしたのだ。胎教にもいいはずだからと。

するると、検診日を翌週に控えていた頃、職場の仲のいい同僚から「調子はどげな？」と聞かれた、実はその頃、悪阻がパタッと止まっていたのだ。それを伝えるのはどんなものかと思ったのだが、包み隠さず伝えることとした。「実はね、悪阻が止まったに、前回もそうだったけん。今回もいけんかもしれんわ。身体って正直だねぇ。」と笑いながら話した。自分にとっては、それが精いっぱいの強がりだったのだ。落ち込む自分を見せたくない。いつも前向きな自分を見せておきたかった。元気よく「来週の検診の結果をまた連絡するわ。」と言って強がりながら、自分自身の不安をもかき消していった。

そして、検診日、内診台に座り、診察を受ける。担当医の少し困ったようなうなり声がかすかに聞こえた。ちょうど10週目、私は、エコー画面を見ることができなかった。でも、見たい！　恐る恐るエコー画面を覗く。あぁ、見えない。心拍が見えない。担当医は長い沈黙の後、「心拍が確認できませんでした。流産となりますが来週もう一度、心拍の確認をしましょう。」と言った。またどよ。何度聞くんだこのセリフ。二度あることは三度あるかもしれないけど、もういいだろうよ。そんな気持ちで一杯だった。もういい。どうして私だけがこんなにも妊娠に苦しむのだ？　もう、どうにかしてくれと思う半分、やっぱりダメだったんだな。と考える冷静な自分がいた。

翌週、もう一度診察を受ける。もしかして大丈夫かも心拍とれるかも。いや多分心拍はとれないだろうと思う自分と、ものすごく揺らぐものがあった。

診察の結果は、やはり心拍は確認できなかった。掻把手術の予定をいれたところで、担当医の顔が少し神妙な雰囲気に変わった。

「流産が三度目になると、習慣性流産となり担当医が専門の医師に変更になります。その専門医が主治医となります。」と淡々と語った。主治医が専門医に変わることよりも私の頭の中は何故に流産？　という言葉だけが頭をよぎった。そういえば、悪阻が止まった頃に心拍の確認ができなくなっていたことを思い返していた。何が悪かったのかそれだけを延々と考えていた。

またもや掻把の手術日を決め、入院の手続きをして帰る。やりきれな

郵便はがき

料金受取人払郵便

新宿局承認

7552

差出有効期間
2024年1月
31日まで
(切手不要)

160-8791

141

東京都新宿区新宿1－10－1

(株)文芸社

愛読者カード係 行

ふりがな お名前				明治 大正 昭和 平成　年生　歳
ふりがな ご住所	□□□-□□□□			性別 男・女
お電話 番　号	(書籍ご注文の際に必要です)	ご職業		
E-mail				
ご購読雑誌(複数可)			ご購読新聞 新聞	

最近読んでおもしろかった本や今後、とりあげてほしいテーマをお教えください。

ご自分の研究成果や経験、お考え等を出版してみたいというお気持ちはありますか。

ある　ない　内容・テーマ(　　)

現在完成した作品をお持ちですか。

ある　ない　ジャンル・原稿量(　　)

書　名				
お買上 書　店	都道 府県	市区 郡	書店名	書店
			ご購入日	年　月　日

本書をどこでお知りになりましたか?

1.書店店頭　2.知人にすすめられて　3.インターネット(サイト名　　　)

4.DMハガキ　5.広告、記事を見て(新聞、雑誌名　　　)

上の質問に関連して、ご購入の決め手となったのは?

1.タイトル　2.著者　3.内容　4.カバーデザイン　5.帯

その他ご自由にお書きください。

(　　　)

本書についてのご意見、ご感想をお聞かせください。

①内容について

②カバー、タイトル、帯について

弊社Webサイトからもご意見、ご感想をお寄せいただけます。

ご協力ありがとうございました。

※お寄せいただいたご意見、ご感想は新聞広告等で匿名にて使わせていただくことがあります。

※お客様の個人情報は、小社からの連絡のみに使用します。社外に提供することは一切ありません。

い物が心の中をうずまいていた。手術は二度目のように麻酔をかけてくれるだろうからいいとして、旦那の飲んでいる沢山の薬が影響しているのか、私が悪いのか、全くもって何も分からない。自分自身も何をどうしていいかも分からなかった。病院を出て駐車場の車に乗っても、もう、自然と零れ落ちてくる涙も無い。何とも言えない胸の痛みと虚無感が襲ってきた。だが仕事に戻らなければ、そう思いエンジンをかけ職場へと戻った。

職場では、上司から「まだあきらめないの？」と何度も言われ、正直、心が折れそうになっていた。でもそれを職場では見せたくはない。勝ち負けでないのは分かっているが、負けたくなかった。この人たちの言葉に屈すれば自分の負けになると本能的に感じていた。前向きな自分でいたかった。毎日必死で自分を作っていた。自分を保つためにはそうするしかなかったのだ。

掻把の手術の前日から入院し、その日の夕方、海藻でできた薬を子宮口に入れる処置をする。この薬で子宮口を強引に開くのだ。違和感を感じる。でも、我慢なのだ。翌日、昼前から掻把手術を行う。麻酔の点滴をされ意識が遠のく。意識が無くなった段階で処置が始まる。気が付くと処置も終わり、病室で目が覚めた。看護師さんが、「朝食がここにありますけど、無理に食べなくていいですからね。皆さん結構、気分悪くて食べられないらしいから。」と朝食を置かれた。が、私の第一声は「腹へった。」

そう、絶食の為、超絶空腹だったのだ。目の前に出された朝食を全部平らげた。生温い牛乳も全部。食事を片付けにきた看護師さんもびっくりし呆気にとられた顔をしていた。「全部食べたんだ……」何とも言えない顔をした看護師さん。

だって、もったいないじゃない。入院費の中に入ってるんだしね。そこんとこが私なの。

そんなことを考えつつも私の心の中では、諦めたくない気持ちで一杯だった。何故、皆が普通に子供を授かっているのに私にはできないの？体形は立派な安産型なのに。どうして妊娠するのに育ってくれないの？何が悪い？　どれが悪い？　誰にやつ当たりすることもできず、ベッドから天井を見上げながら自問自答するばかり。その頃は、旦那の具合もあまりよく無かったことから仕事に出られる日は仕事を優先していた為に、二度目以降の掻把手術には旦那は立ち会うことはなく、付き添いも無かったために三度目だけは実母にお願いしていた。（付き添いが必ず必要と言われたので仕方無く。）

すべての気持ちを自分一人で処理しなければならなかった。辛い。辛すぎる。もっと、旦那に泣いてわめいて気持ちをぶつければよかったのか？　そんな時に旦那の先生の言葉が蘇る。体調の悪い旦那にはそれを受け止める余裕も無いのは百も承知だ。何の慰めの言葉も頂けないものだと判りきっていた。そんな思いが堂々巡りする中で、次の検診日を予約して退院した。

何の知識も無く、何が悪かったのかそれだけを考えながら検診日を迎えた。仕事をしていたのが幸いしていたのか、まだ気の紛れる時間が多くあったこと、というか考え込む時間が無かったのだ。今のようにネットで情報を得ることも出来なかったために何も知らずに新しい主治医と会うこととなった。優しそうなおじちゃん。そんな第一印象だった。友人からの話によると、その主治医は不妊治療が専門という。私は不妊ではないような気がするんだけどなぁ。と心の中では感じていた。今後の妊娠をどうするか旦那と話し合ったように、もうこれで諦めるとか全く何も考えていない状態で診察を受けた。その主治医の第一声は、「まず、原因を探していきましょう。」と言うが、その後に「ほとんどがはっきりとした原因は、わかりません。」と言う。どっちやねん。と思いながら、主治医が、「お子さんを望まれますか?」と聞いてきた。私はすぐさま「はい」と返事した。諦めたくない自分がそこにいたのだ。

ならばと口を開いた主治医の話す検査のスケジュールを聞いた。まずは、血液検査。それで原因が判らなければ、次の検査に進みましょう。という。「今日は、術後の子宮の状態を確認して、採血して帰ってください。２週間後に採血の結果をお話ししますので、予約を取りましょう。」そう言われ、私は診察をし、採血をして帰路についた。

未だに私の頭の中は上手く整理できてはいなかった。原因と言われても血液検査でわかるのかどうかもわからない。血液検査なら、毎年健康診断でやっている。今までに異常はなかった。そんなことを一人で考え続ける日々を過ごす中、主治医は原因をと言ったなぁ。原因が判れば妊娠できる可能性があるものなのか？　原因が判れば妊娠が継続できて私の元に子供がきてくれることができるのだろうかと考えつつ、もし、原因が判り妊娠が継続できるならこのまま主治医にまかせた方がいいのかもしれないと思いながら2週間が過ぎた。

検査結果を聞きに病院へ行く。主治医は少し神妙な顔つきをしていた。「血液検査の結果、膠原病の抗体が陽性反応を示しています。これにより、受精卵を外敵と判断し、自分自身で受精卵を攻撃し、成長を止めてしまっています。これがあなたの不育症の原因ですね。不育症とは、妊娠はするもののその後の妊娠の継続ができない病気のことです。」と、言われ、続けて「今までに膠原病って言われたことあります?」と聞かれた。だが私にとって膠原病という病名は初めて聞く病名だったのだ。「いえ、一度も言われたことはありません。」と答えると、先生は続けて「子供が欲しいと考えておられるのなら、根底にある膠原病の治療はやめましょう。子供のことだけを考えて不育症の治療をし、妊娠を継続できるようにしていきましょう。」と主治医に言われ、我が子を自分の手で抱きたかった自分は、そのまま主治医の提示された治療をする決心をした。

初めて聞いた不育症という言葉。見せてもらった字から想像できるのは、育てることが不可能ということなのだと理解した。これまでの流産も病気のせいなのだと頭の中では理解したつもりだったのだが、何かしっくりとはこなかった。漢方薬を処方され、忘れずに飲むようにと促されたが膠原病が何なのかもわからず、何の漢方薬かもわからず（説明されたのだろうが全くと言っていいほど覚えていないし、言われたことが難しかったのだ。）

仕事帰りに書店へと立ち寄る。「不育症」と書かれた書籍を探すもののまったくもって見当たらない。もしやと思って「家庭の医学」とやらを手に取り探してみる。当てはまる言葉が無い。膠原病という言葉はあった。が、なにやら難しい。免疫と言われてもなんのことだかさっぱり理解できない。頭の中に今までに聞いたことのない単語がぐるぐると渦巻くまま帰宅した。

自宅に帰って旦那に一部始終話しても旦那も何も判らず（私がきちんと理解できていないのでうまく説明もできていないのだ）、私の意見を尊重してくれ、また旦那も我が子を抱きたかったことで治療することとした。何の知識も無いものだから何も言えないまま主治医の方針に従うしかなかった。

その日の夕方、実母が訪ねてきた。検査の結果を話すと、「どうしてあんただけが可哀想に。」と言った。私の頭の中では、今の自分の置かれている状態もよくわかっていないのに、私は可哀想なんかじゃない！という言葉が繰り返し響く。この言葉が私の中で実母との間に1本の線を引いてしまった。

実母との間にできた線。冷静になり、よくよく考えてみると、実母から出てきた言葉は、客観的に思うとみんなそう思うであろう言葉だ。自分の中ではなかなか消化できなかったのだが、それを飲み込むしかなかった。私から一方的に実母へと線を引いていては実母も辛いだけだろうと考えた。

実母からしてみれば仕方のないことだ。

子供の頃から発熱ばかり繰り返し、何度となく大病を繰り返してきた我が子を思うとその言葉が自然と出てくるのだろう。まだ母にもなってはいなかった自分はそれを理解することができなかった。

自分の中で葛藤が繰り返される中、主治医から出された漢方薬を飲んでも何の変化も感じることはできなかった。

そんな頃、仕事先の別フロアの台所の三角コーナーに私と同じ漢方薬の袋を見つけた。

友人に聞くと、その人は膠原病の闘病中だと言う。友人も病状は詳しくは知らないと言うが大変そうだとも言う。そのことが私には重く圧し掛かった。私は本当に病気なんだと自覚させられたのだ。

この頃、旦那は新しい職場へと勤務することが決まった。病状のことも理解してもらった上で。治療にはお金もかかる、比較的病状も安定していたことが幸いし新しい職場へと行き始めたことが私は嬉しかった。

漢方薬を服薬してひと月位たった頃、もう一度血液検査をする。だが、全く数値に変化がなかった。漢方薬の治療で効果がなかった私は、主治医から新たな治療法を提示された。この時、私は30歳を超えていた。年齢的にも早めの治療がいいということで提示されたのだ。それは、旦那のリンパ球の移植だ。この病院ではできない治療法だと言う。大学病院では時間がかかり仕事も休まなければならないからと、不妊治療を専門とする個人病院を紹介された。

主治医の指定する病院へと夫婦で向かった。夫婦で通院するのが条件だったのだ。通院する頃はまだ旦那の病状が落ち着いていた為に一緒に病院へと行くことができた。保険がきいても医療費が高いからと前もって説明を聞いてもいた。言われた程度の金額を持って行ったのだが、少し不安になっていた。が、その病院に着きふと振り返ると、目の前に銀行が！　足りなければ駆け込めってか！　と思いつつ旦那と病院へと入っていった。婦人科だから、旦那には苦痛だったかもしれない。患者は皆女性だ。その中、旦那は、何も言わず待合室で待っていてくれた。婦人科だから待合室に旦那の好きなスポーツ新聞も雑誌も野球中継も無い。ただただ、下を向きほかの患者さんと顔を合わせないようにしていたのが精一杯だったという。

辛い時間だったかもしれないが、お互いが我が子をこの手に抱きたいと思う気持ちだけが勝っていたのだと思う。

先生からの説明があった。

旦那の血液を採取し、リンパ球だけを取り出し、私に移植する。それを月に一度、３か月続けるのだ。そうすることで、私の身体に旦那との受精卵を異物ではないと認識させるのだ。

移植と言っても注射器で私に注射するだけだからと説明を受けていたため、簡単なことだと、高を括っていた。

実際、簡単なことなのだが、その後が苦しいとは思ってもいなかった。

拒絶反応がでるのだ。

全身が痒い！　とてつもなく痒い。夜も眠れないほど痒いのだ。一晩中掻きむしるほどの痒さだ。あんたとは、こんなに相性が悪いんかと思う程の痒さ。眠れない日が何日も続く。

痒みが治まった頃にまた、移植治療をする。また、痒い。その繰り返しだった。

子供の為にと我慢するしかなかった。

その時、ふと考えが頭をよぎった。「そうか、今のこの状態の私は、旦那以外の誰と結婚したとしても誰の子供も授かることは出来ないのだと。」自分が情けなかった。

治療の時は、待ち時間が長かった。朝一番に旦那の血液を採取し、旦那の血液からリンパ球を取り出すのに半日の時間がかかるのだ。その間、病院を離れ映画を観たり（旦那は耳栓をしたままで。大音量がダメだったので。）食事をし、ゲームセンターで遊びながら、気を紛らわせたり、気分転換をしたり、寝込むことが多かった旦那とはあまり出かけることがなかった私にとっては、少し嬉しい時間でもあった。

でも、私たち二人の心の中では、これで本当に妊娠が継続できるのか半信半疑でしかなかった。でもそれを顔に出すことは出来なかった。誰に答えを求めても答えは出てこない。お互いに辛い時間だった。

予定通りの3か月の治療を終え、主治医のもとで診察を受ける。

主治医は、治療の効果があるうちに妊娠を迎えましょうと言う。なにやらどうぞ、どうぞと言われているようで、妙な気分になる。

それは旦那も一緒だ。

大手を広げどうぞ交渉してください。と言われているのだから。

また、流産したらどうしようかとか、もし。もし。としか頭の中では浮かばないのだ。

でも、妊娠できるのは、今しかないのかもしれない。そんな葛藤の中、主治医の指示に従った。

案の定、早々に妊娠の確認は、とれた。検査薬でも陽性は出た。

問題は、この先だ。

はじめは、子供の心拍の確認がとれる。

10週目に心拍がとれるかどうかが境目になるのだ。それまでは生きた心地がしない。

無事に育てよ～！　と祈りながらの毎日が続く。仕事をしていたのが幸いしたのか悶々とした時間を過ごすのも少しは少なかったのかもしれない。

不育症の場合、私だけかな？　検診の回数が多かったような気がする。心拍の確認をこまめにするんだなと、自分で勝手に思っていた。

毎週のように通っていたように思う。

そのたびに心拍を確認し、安心するのだ。

私は、今まで、10週で心拍が確認されることは、一度も無かった。

正直なところ、10週目が怖い。今までに無い不安に襲われていた。

10週目の検診。多分、私は、ものすごい顔つきをして主治医を睨んでいたと思う。

診察台にのり、超音波の画面を覗き込む、主治医の「うん」という言葉が聞こえ、私の目にも小さく動く赤ちゃんの心拍が確認できた。

思わず安堵から涙が出た。1つクリアできたのだ。

「よかったですね。」という主治医の言葉に肩の力が抜けていった。

「次は安定期まで頑張りましょう。」という初めて聞く言葉に気持ちの高まりを覚えた。

あの痒みを我慢したかいがあった。全身から緊張の糸が解かれていくのを感じた。

初めて手にする母子手帳。母になるという期待と覚悟をいただいた気がした。とてつもなく嬉しかったのだ。

職場と実母には妊娠を伝えたものの、義母には伝えることができなかった。

今までの過程で病人のレッテルを貼られ、（確かに病人なんだけどねぇ。ねぇ。）「うちの家系では、あり得ないから、あなたの家系のせいね。うちは関係ないから。」と言い放たれた時から言えなくなっていた。

旦那は安定期に入ってから伝えればいいと言ってくれたことが少し安

心材料となった。
子供は大事に、大事に育てた。食事も気を付けて、車の振動が良くないと言われれば、子供の為に通勤の車を私のミッションの軽ＳＵＶから旦那のセダンタイプと交換して、振動の少ないものに。通勤途中には、毎日子供に話しかけ、好きな音楽や胎教に良いとされる音楽を聴いた。(普段は聴かないクラシックも良いと聞いたものだから聴いてみたりもした。笑)
悪阻はあるものの思いのほか悪阻が軽かったので食べた！
カルシウムを摂取しなきゃとヨーグルトを食べた！　食べると悪阻が治まるので食べた！
そして、太った！（笑）
不思議と今回は悪阻が止まることはなかった。それが嬉しくて、嬉しくて余計に食べちゃったんだよなぁ。
安定期に入り、６か月に入った頃。

ウォーキングをすると出産時に楽だからと、どこかで聞いたのを思い出した。（うろ覚えで行動してしまうのが私です。）

仕事の昼休みに少しずつ歩いてみようと試みた。歩くのは、気持ち良かった。季節の風や音、匂いや色を感じて、心も落ち着いた。

が、これが早すぎた！

7か月の検診の日。

いつものように仕事の途中で抜けさせてもらい病院へ向かった。職場の机の上は、仕事の途中のまま、いかにもトイレに行ってますよ。状態で病院へ。

診察台のうえに上がり、主治医が診察を始めると、主治医から「あっ！」と声が出た。

その声に私は「は？　何？」と動揺してしまった。「動かないでね。すぐ病棟に連絡して。」という主治医の言葉に看護師さんがバタバタと動き出した。ＰＨＳでどこかと連絡をとりだす。

主治医が静かに語りかけてきた。

「子宮口が開いています。切迫早産ですので、このまま入院してください。絶対安静です。」

「車椅子持ってくるから静かにおりてね。」と。

はい？　なんですと？

切迫早産って？

「なんかした？」と主治医に聞かれ、昼休みに散歩していたことを話すと、主治医から出た言葉は、「早すぎるから！」と、反対に叱られ、へこんだまま看護師さんが持ってきた車椅子に乗り、病棟へとそのまま連れて行かれたのだ。

先生！　仕事が！　途中なの！　と必死で訴えるも、「仕事と子供とどっちが大事？」と聞かれ、子供です。と、小さく答えうつむく自分がいた。

会社にも連絡できず、不安も大きくなってきた中、連れて行かれた大部屋には、皆、明るく話している妊婦さんばかりだった。

子宮の張り止めの点滴を付けられそのまま入院となった。

「点滴は24時間付けますからね。」と言われ、とにかく寝ていてくださいと言う。

不安に苛まれていたところに、隣のベッドから声がした。

「はじめまして。」

隣のベッドから声をかけてくれたのは、私よりも年下の和やかそうな妊婦さんだった。

すると、部屋の皆さんから声をかけてもらった。不安に苛まれていた私にとっては、とてもありがたかった。

話をしてみると、皆、何らかのリスクを抱えた妊婦さんばかりだった。

(じゃないと入院はしないのだけれどね。) その中の一人が私と同じ不育症であり、同じ治療をしてきた女性。

私は、同じ不育症の人に会ったことがなかった。心強さと安心感を得た。自分だけじゃないんだよね。同じ苦しみを感じてきた人がほかにもいる。それが私の心を少し軽くしてくれた。その人は明るく、楽しい人だった。

リスクは違えど同じ不安を抱えた妊婦さんたち、すぐに打ち解け仲良くなった。

仕事を抱える妊婦さんは、なかなか妊婦さんの友達はできにくく、私はものすごく嬉しかったのを覚えている。

生まれてくる子供たちも同い年になる。この上ない嬉しさと心強さだ。私だけではないという孤独感から解放された瞬間だった。

四人部屋という狭い空間ではあったのだが、その中で大いに盛り上がり、隠れておやつを食べては看護師さんに叱られた。（私は体重が増えすぎていたのだ。）それでも、寝たきりの四人が不安や寂しさを紛らわせるかのようにしゃべり続けた。

それでもまだ、私には寂しいものがあった。

　ほかの妊婦さんの所には、毎日のように旦那さんがお見舞いに来る。楽しそうに夫婦の会話をしている。うちの旦那は来ない。来ないだろうとは思っていたけどね！（負け惜しみ）だが、本当に来なかったのだ。

　ある日、看護師さんが、「旦那さんが来てくれたわよ。」と言って一人の男性を連れてきた。

　職場の後輩だ！　手には私の仕事を山ほど抱えて持ってきている。「旦那さんはすごく若いのね。」と看護師さんに言われた。そりゃ若いでしょ。10歳も年下なんだから。しかも後輩だし。旦那じゃないし。その後輩が持ってきた仕事の指示をベッドに横になった状態のまま出す。

　変な感じ。でも、自分が抱えていた仕事だから仕方ないよね。後輩たちにもずいぶん迷惑をかけてしまって申し訳ないという気持ちも随分とあった。いきなり入院してしまったんだからね。しかも机の上もそのままで。

ごめんよぉ。

後輩は「大丈夫だから」と。「また、わからんとこがあったら、連絡するけん。」と言って帰っていった。

病室で仕事をする妊婦さんもなかなかいないらしく、部屋の皆には驚かれていた。でしょうねぇ。

仕事をもって面会に来る人なんていなかったからなぁ。

別の日には、男性の友人がお見舞いに来てくれた。その時も、別の看護師さんに「いいわねぇ、旦那さん若くって。」と言われる。

いやいや友人です。って。何か毎回訂正するのも面倒になっていった。本当の旦那が来ないからねぇ。あっ、自分の診察日には弁当買って病室に来てたな。弁当食べたら、すぐに帰っていったけど。まぁ、仕事に出られているんだろうなと前向きに思うことにした。悔しいから。

狭い空間にいると、下界が恋しい。部屋の妊婦さんの中には、外泊が許されている妊婦さんもいた。その彼女が外泊の度に私達のその時に一番食べたいものを買ってきてくれた。

コンビニスイーツや肉まん、みんなで数日前から何が食べたいかを相談するのだ。そして、そのおやつを食べては、また、看護師さんに叱られる。その繰り返しだった。でも、それが楽しくて仕方なかった。唯一の楽しみなのだから。家族からの差し入れも楽しみの一つ。

私は実母にメロンパンが有名な地元のパン屋さん（敢えてベーカリーではない！）のメロンパンを頼み、みんなで楽しく食べた。ほかの妊婦さんからは、カレールーの差し入れもあった。単調な病院の食事が一気に華やかになった。久しぶりに食べた家のカレーは美味しかった。

あと、先生や看護師さんにあだ名をつけてみたり、友達のように喋ったり、先生や看護師さんも私たちの部屋にいる時間はよそよりもちょっと長かったんじゃないかな？　と思う。

そういえば、あまりにも話に花が咲きすぎて大騒ぎになり、ナースコールの返答用の部屋内向けの放送で、「静かにしなさい。」って看護師さんに叱られたこともあったな。入院の後半になると、シャワーを許されて、点滴を外してシャワー室に向かうのだけれど、その時の歩く速度が速いって何度も叱られたんだよね。振動がよくないからって。たしか。そろーり、そろーり、まるで、能楽師のようだったわ。

年末が近づくと一人二人と退院していく。

私もその中の一人だった。

主治医から「状態が安定しているので、年末に一度退院しましょう。」との言葉をいただき、退院が決まり、年末の慌ただしい中、退院した。

退院すると、うずうずしてくる。実家ではじっとはしていられない。身体を冷やさないようにと足湯をしてみたり、布団にくるまっていても、時間はたたない。久々の下界だし、少し歩いてもみたかった。

そんな時、実父がホームセンターに行くという。

「お前も行くか?」と、軽く聞いてきた。本当に実父は軽く言ったんだと思う。

その言葉が嬉しくて仕方なかった私は、「行く行く。」と二つ返事でついて行った。

久しぶりの下界でお店を歩く。一応、ゆっくりゆっくり歩く、能楽師のように。その時間はとても充実していたように自分では感じていた。

でも、それがまた、ダメだったんだよなぁ。

年末押し迫った12月30日の未明。

不思議な感覚で目が覚めた。

やばい！　おねしょした！　いや漏らした！

違う！　破水だ！

あれは、夜中の2時を過ぎた頃。日付はもう大晦日。

仕事納めで気が抜けて眠り込んでいた旦那を起こした。「ごめん、破水したから病院へ連れてって。」

寝ぼけて聞いていた旦那の目が見開いた。「行くで。」

予定日よりも1か月も早い。旦那もただ事ではないと感じたのだろう。入院セットをもって車に駆け込む旦那。バスタオルを片手に助手席にそろーっと乗り込む私。実母が物音に気付き起きてきた。病院へ行くことを告げると心配そうな顔をした実母だったが、「産まれるならまだまだだよね。昼頃くらいかもしれんね。その頃に行くわ。いってらっしゃーい。」と、手を振られた。微妙だ。でも、母親的にはそんなものかもしれない。自分の経験からくるものなのだろう。


病院に着くと、まずは、診察。事の件を説明する。

「いい子にしてなきゃダメじゃない。」

とあきれる当直医をしり目に私は陣痛が始まる。

何かやばくないか？　と自分で感じつつ、そのことを当直医に告げると、確認した後、「ちょっと間隔が短いからこのまま分娩室へ行きましょう。」と分娩室へと連れて行かれた。

どうやら、先に破水すると、陣痛は、辛いらしい。「楽な態勢になってね。」と、助産師さんに言われてもどれが楽なのかがわからない。「まだいきまないでねー」と、言われても、痛みが来れば力が入るよ。「大丈夫か。」と、声をかける旦那のセーターがチクチク当たって仕方ない。旦那のセーターを握りしめ「セーターを脱げ！」私はそう言い放った。その顔は非常に怖かったであろうと推測できる。セーターを脱いだ旦那の腕をつかみつつ、どうにか痛みを逃がしてはいたものの、本来の私、地声がでかい。自慢じゃないがよく通るのだ。しかも、高校時代は演劇部。まるで発声練習のようだった。

私の声を聞いた隣の分娩室にいた妊婦さんから、後日、「陣痛ってあんなに痛いんだと恐怖を感じた。」と言われてしまった。

恥ずかしい……。

あれから何時間かかったかは定かではないが、「子宮口が全開です。」

と言われ、主治医もやってきた。

助産師さんが、旦那に「立ち会われますか？」と、聞くと旦那は、「いいえ〜」と叫びながら出て行った。立ち会わんのかいと思いつつ、助産師さんに言われるあの定番の呼吸法をし、合図とともにいきむのを繰り返す。苦しい。

助産師さんに「頭が見えてきたよ〜」と、言われてからは、いきむ度に子供が出口に向かっている感覚を感じ、最後はスルッと出てきたように思えた。

11時01分、産まれてきた赤ちゃんはひと月早く早産で産まれてきたにもかかわらず、まるまるとしたプリプリの女の子。体重を測るとなんと、2900グラムを少し超えていた。

予定日通り産まれてきていたら4キロを超えていたらしい。

主治医が言った。

「誰が予定日計算して出したの。違うんじゃない？」

助産師、看護師、私も口を揃えてこう言った。

「予定日出したの先生です！」

あっ、そう。僕？　と言わんばかりに主治医はそそくさとナースセンターへと帰って行き、赤ちゃんは、私とほんの少しだけ対面した後、早産の為、すぐにＮＩＣＵへと連れて行かれた。

ＮＩＣＵに入る前に旦那とも対面したようだった。

そして、実母はちゃんと、予告通りに病院へと来ており、初孫との対面を果たしたのだった。


出産後すぐは、眠りたくても興奮していて眠れない。頭の中ではさまざまな思いがよぎる。

出産時の痛さよりも、今までの辛さが頭をよぎっていた。すると、看護師さんがＮＩＣＵにいる娘のポラロイド写真をくれた。気持ちよさそうに眠っている。その写真を見た瞬間、思わず涙が出た。今までの三人の赤ちゃんがいてくれたからこそ、この子に出会えたのだ。

そして私の所に来てくれたのだと思うと、涙が止まらなかった。

娘に直接母乳を飲ませることが出来なかった為に部屋で搾乳し、看護師さんに渡す。

看護師さんから、娘が私の母乳を全部飲んだことを聞いた。元気でいてくれることが嬉しかった。

その日は大晦日。病院でも年越しそばが出ると聞いた。そばを食べることが出来ない私は、実母に頼み売店で夕食の主食代わりのパンを買ってきてもらった。看護師さんから、「ごめんなさいね。分からなくって時間が間に合わなかったから。」と謝られたが、私としては毎年の事なので、「いいですよー。大丈夫ですから。」と明るく答えた。私的には、年越しそばよりも、翌日の元旦のメニューの方が気になって仕方なかったのだ。おせち？

病院でもおせちやお雑煮って出るんだろうか、そればかりが気になっていた。

3時間おきに搾乳し、看護師さんに渡す。この繰り返しだったのだが、頭の中では、おせちが渦巻いていた。何故か。許可が出ないと娘には会えないのだから他のことをついつい考えてしまうのだ。

その後、許可が出て、娘と30分間のご対面ができた。旦那と二人で会いに行く。気持ちよさそうに眠る娘が愛おしくてたまらないのだ。

そして、私は娘に対し、心の中で、「ごめん、おせちばっかり気にしてて。」と謝った。

元旦は、本当におせちが出てきた。しかもお雑煮も。私のテンションはマックスだ！　病院でこんなおせちが食べられるなんて。なんて素晴らしい。と感心しながら味わっていただいた。嬉しそうに食べている所へ看護師さんが来た。「赤ちゃんは、すごく元気で。ものすごく食欲がありますよ。お母さんの母乳だけでは足りないかもしれないくらいに。」と教えてくれた。その言葉が、また、私を奮い立たせた。

「搾らねば！」

もう、気分は乳牛のようだった。子供がお腹をすかせていてはいけない！　そう思ったら、眠気も吹き飛んでいく。夜中に声を掛け起こしてくれる看護師さんよりも先に起きて準備を始める。そして、搾る！！搾る！

今まで寝たら（いつまでもだらだら寝ることの方言）だった私が、こんなに変わるなんて！　母の力は偉大だなぁ。などと、一人で感心してみたりもしていた。

一日に30分間しか会えない娘だったが、毎日、会いに行っては、看護師さんから写真をいただいた。嬉しかった。娘には、毎日、頑張れ！と声を掛け早く退院できることを願った。私の思いが通じたのか、10日後、娘は検査の結果も異常なくＮＩＣＵから退院することが出来た。私は、娘の沐浴指導を受けて、自分で母乳を飲ませ、娘と一緒に退院することができた。

自分の腕の中に我が子が抱ける日が来るとは以前の自分では思いもよらなかったことだ。

だが、いざ退院してみると、そんな感傷に浸っている暇などなかったのだ。実家に帰ってはいたものの、金銭的なことなども考えて実母の用意していた布おむつを使用していた。子供の世話と洗濯で一日が終わる。そんな感じだった。と、自分では思っているのだが、実母からしてみたら「うそばっかり。あんた楽しとったがね。」と、言われそうだ。いや、言われたのだ。

仕事を続けていた私は、会社の中で初めて産休と育休を取得することとなっていた。育休をとるにあたって、ずいぶんと風当たりが強かったために、娘を生後4か月で保育所へと預け、仕事に復帰する予定としていた。

保育所へ搾乳した冷凍母乳と共に娘を預け、仕事へ復帰する準備をしていた頃、保育所から電話がかかってきた。

「粉ミルクを飲んだ後に、顔から首にかけて赤く発疹が出ています。病院へ行っていただけますか？」と。

かかりつけ医の所へ連れて行くと、アレルギーなのか判断がつかないとのこと。一度、専門医に診てもらった方がいいかもしれないとのことで、総合病院へ行った。

検査の結果、牛乳、乳製品でのアレルギーが発覚。普通の粉ミルクの摂取はすぐに止めること。医療用の豆乳を飲ませること。3歳まで完全除去食にすること。などと言われた。新生児で発覚したアレルギーは3歳までに完治する可能性が高いからそれまで頑張りましょうと説明があった。

不育症で苦しんだのに、今度はアレルギー。

でも、今回は苦しいのは私じゃない。娘だ。

娘が、医療用の豆乳を毎回非常に美味しそうに飲むもんだから、つい、私も旦那もちょっと飲んでみたくなった。一口いただく。

まずっ！

よくこんなまずいもの飲むなぁ。と感心していたのだが、娘にとってはこれが生きる元となるのだから仕方ない。私は、娘を尊敬の眼差しで見るようになった。

「お前さんはすごいなぁ。」と。

離乳食では、洋食系のものは一切食べられないので、娘はすっかり和食の人に。煮物にお浸し。ご年配の方と好みが一緒だ。

それでも、娘はすくすくと育ってくれた。

娘が1歳の誕生日を迎えた頃、私の体調の変化に気付いた。

おや？　もしかして、これは妊娠したんじゃないだろうか？　検査薬を試すと、陽性反応が出た。でも、このまま普通に妊娠が継続できるものだろうか？　また、流産してしまうんじゃないだろうか？　でも、身体だけは冷やさないように随分と気遣ってきた。でも、娘に妹弟もいてほしい。そんな思いを抱きながら、年明け早々に主治医の元を訪ねた。

検査の結果、妊娠していることは確かだが、主治医から出てきた言葉は厳しいものだった。

「今、病院に来ても遅いでしょう。流産する確率がものすごく高いし、不育症の治療をしてからでないと、ちゃんとした妊娠は望めないんだよ。今から治療しても、何の意味もないんですよ。このまま様子をみることしかできません。この先どうなったとしても、そこの所は覚悟しておいてくださいね。」

まるで、推理ドラマの追い詰められた犯人が崖の上で佇む。そんな心境だった。崖の淵に立ち、下から強風にあおられる。そんな気持ちだった。普通に考えるとそうですよね。先生のおっしゃる通りです。

自分の中でも不安はあった。でも、娘を見ていると「大丈夫だよ。」と言われているような気持ちになっていくのだ。毎日忙しくても、仕事が辛くても、娘が「大丈夫だよ。」と言ってくれている。そんな気持ちだった。

魔の10週目を迎え診察を受けた時、主治医から、エコー画面を指さされ、「見てごらん、心拍がとれてるよ。」と声を掛けられた。

私も、自分の目で確認した。本当だ。心拍が見える。信じられない気持ちだった。

主治医からは、「心配だから、来週もう一度診察しましょう。」と。確かにそうだよなぁ。

私も心配だった。今回は大丈夫だったとして来週大丈夫だという確証はない。

内心、ヒヤヒヤしながら、翌週、もう一度診察を受ける。その時も、心拍が確認できた。主治医は、私に聞いた。「どうしてだろう?」

いや、先生、それは私が聞きたいセリフです。

主治医は、頭を捻りながら、「期間が短かったのがよかったのか。この子の生命力が強いのか。私には判断できかねますね。」と言った。

私的には、この子の生命力が強いのだろうと思うことにした。それ以外私には考えられないのだ。上の娘が産まれる前から体に良いとされる民間療法にも夫婦共々随分とお世話になった。それが良かったのかどうかは、判らない。

でも、今、ここに、新しい命が宿っているのは確かだ。前回の教訓を元に、太らないように食事にも気遣った。妊娠中、副鼻腔炎に悩まされることもあったが、順調に子供は育ち、産休に入ってすぐに、おしるしがあった。

予定よりも3週間早かった。朝の6時過ぎ、おしるしがあったのを旦那に伝え、病院へと行く。だが、担当医は、まだまだだから、一旦帰ってと、帰宅を促された。帰宅し、少し身体を休めていると、陣痛がきた。丁度、お昼のバラエティ番組が終わった頃だ。何やら、間隔が短い。やばい！　と思いつつ。旦那に車を出してもらう。病院へ着くと、担当医達から早く分娩室へと言われ、連れて行かれた。旦那は、荷物を取って来るからと駐車場へと向かった。何やら、陣痛らしい陣痛がこない。前回と陣痛が全く違うのだ。痛いかな？　位？

するると、看護師さんが、

「子宮口全開です。」

と言う。え？　え？　と思う間に。「次の痛みが来たらいきんでね。」

と言われ、これかな？　と思ったところで、いきんでみた。

大きな産声が聞こえた。少し小さめではあるのだが、２６００グラムを超える男の子が誕生した。でも、この子も若干の早産であるため早々にＮＩＣＵへと入っていった。ＮＩＣＵに入る前に旦那は対面できたらしい。旦那は、私の荷物をもって病棟に着いた時に、赤ちゃんと対面できたようだった。

息子も健康そのもので。５日間のＮＩＣＵの入院生活を送り退院した。食欲も旺盛で、心配したアレルギーも無く、何でも食べる元気な子に育っていった。私たち夫婦が一番嬉しかったのは、二人の子供がものすごく仲が良いということだった。弟思いの娘、お姉ちゃんが大好きな弟。

傍から見ても微笑ましいくらいだった。入院中の回診の度に主治医には、息子を見て「なんでだったんだろうねぇ。」と言われながらも順調すぎるほどに成長していった。

しかし、ここで、欲が出る。人間は三人いると人間関係の形成ができるのだと、どこかで聞いた。(また、うろ覚え)期間が短めだったこともあり、もしかしたら、という思いに賭けてしまった。

私の頭の中には学習能力という言葉はどうやらないらしい。

運よく早々に妊娠が判明した、私はもう一人、子供が欲しかったのだ。不安もあったのだが、大丈夫かもと高を括っていた。

主治医には、「またぁ。でも、前回は大丈夫だったからなぁ。わからんね。でも、もしものことを覚悟しておいてね。」と言われた。自分の気持ち的にも半々だったので、自分の中でもどっちに転ぼうが仕方ないと考えていた。

そして、10週目の検診。主治医の口からは「残念ですが、心拍の確認がとれません。」

「来週もう一度診察をしてみましょう。」との言葉が返ってきた。奇跡は二度も起こらない。

無理だったのだ。自分の中で気持ち的に半々だったこともあり会社には妊娠したことをすぐには伝えていなかった。流産のことを伝えると、「早く言ってよ。仕事の段取りもあるけんね。」と後輩に言い放たれた。凹んだ。

でも、私には二人の子供を授かったのだから、二人を沢山愛してあげようと心に決めた。お腹の赤ちゃんには申し訳ないのだが、そう思わざるをえず、そう考えることで自分の平静を保っていた。

その夜、病院でのことを旦那に話すと、旦那は鼻をすりだした。私のお腹に顔を当て号泣しだした。「俺も三人目が欲しかったのに。」そう言って号泣したのだ。

そういえば、最初の流産の時は、全くそんなこと無かったじゃん。

今？　泣く？

悲しいのは分からなくもないが、私的には、子供を授かることが出来る前にもっと寄り添って欲しかった。もっと私の気持ちを聞いて欲しかった。まぁ、今となっては遅いのだが、子供のことを思いここまで涙してくれたことは有難いことだと思う。私だって、号泣したいよ。（車の中で毎回さんざん号泣したんだけど。）でも、気持ちは切り替えなければならない。私を待つ子供が二人もいるんだから。

旦那とも話し合い、三人目の子供は諦めることとした。まぁ、普通そうなるでしょうね。二人を授かったのが奇跡に近いのだから。

二人の子供を精いっぱい愛してやろう、かわいがってやろう。今まで生まれることのできなかった子供たちの分も合わせて。

旦那は変わらず、床に臥すことも多かった。

私は仕事を続けていたために子供たちには寂しい思いをさせることも多かったと思う。

日曜日以外は毎日保育所へ行き、一日を過ごす。朝は開門と同時に保育所へと行き、お迎えも一番最後になることもしばしば。

行事にもあまり顔が出せなかったにもかかわらず、子供たちはあまりわがままを言うこともなかった。娘のアレルギーはあったものの二人共元気に過ごし、たくさんの友達も作った。

負けず嫌いでちょっと大人目線の娘。食べることが大好きで甘え上手な息子。私には勿体ないくらいの自慢の子供たちだ。

だが、この子供たちがいるのも、生まれてくることができなかった子供たちのおかげだ。

私は、その子たちを忘れることが出来ない。

忘れてはいけないのだ。

自分を責め続けたこともある。（今でもたまに。）自分の身体を呪ったこともある。今でもその原因により身体的苦しみを味わうこともある。

でも、変えることのできない事実には、立ち向かわねばならない。あの子たちは私の流した涙の雫と共に天空で見守ってくれているのだから。

娘が小学1年の頃、命についての授業があった、その一環で生まれてきた時の様子を親から子供への手紙として書く宿題があった。

私は包み隠さず、全てを書いた。知っていてほしかったから。すると娘に「怖い！」とドン引きされた。

ただ、あなたは、どれだけ望まれてこの世に生を受けたのか。命を大切にしてほしいと、思って書いただけなのに。まぁ、教えるには少しだけ早かったのかもしれない。でも、知っておいて欲しかった。だけど、大人になったときに、そういえばって思い出してくれればいいかもしれない。それ位がちょうどいいのかもしれない。私のこの病気が遺伝しないことを願いつつ、最近そう思うようになった。息子にもいずれ話そう。息子がどれだけ生命力が強く逞しかったかを。あなたが産まれたことがどれだけ奇跡に近いものであったかを。あなたたちには、たくさんの兄弟姉妹がいてその兄弟姉妹のおかげで今があるということを。今を、大切にして生きて欲しいということを。

ネット環境が普及するようになってから、不育症について調べるようになった。自分の病気がどのような病気であるのかを知っておきたかったからだ。膠原病についても調べてみた。いつか子供に聞かれたときにきちんと答えてやりたかったからだ。だが、奥深く難しい単語が羅列する。結局、さらりと概要を簡単に説明するぐらいの知識しかつけることができなかった。子供たちにきちんと説明できるかどうかは不安でしかない。もっと勉強が必要かもしれない。

今は、あのころとは違い医療も進歩している。不育症の原因にしても、治療法にしても、あらゆる方法で原因も解明され克服できるのかもしれないと考える。でも、妊婦の気持ちは今も昔も変わらないと思うのだ。自分を責め、行き場のない気持ちを心にため込んでいる人も中には大勢いるのかもしれない。私のように子供に恵まれた人もいれば、様々な理由から諦めざるをえない人もいるのかもしれない。でも、少しでも希望があれば、諦めてはほしくない気持ちもある。

諦めればそこで終わってしまう。いまは、選択肢もたくさんあるだろうから、自分の選択を後悔してほしくない。不育症で悩み苦しむ方々に少しでも寄り添えたらと考える。

不育症は、一度授かった命が消えていくのを繰り返す。一度は受けた喜びを打ち砕かれるものだ。その気持ちは計り知れない。20数年たった今でも思い出せば涙があふれる。

私と同じ思いをする人が一人でも少なくなることを願ってこれからの医学の進歩に期待したい。

今の医学の現状を私は何も知らない。検査方法も治療の方法も。今も苦しんでいる人からすれば、鼻で笑われるかもしれない。

でも、自分の中では、改めて不育症と向かい合い、当時を思い出し、こうやって文章に載せることが出来るまでに20数年の歳月がかかった。

一時は不育症の文字を見つけるたびに落ち込んでしまっていたのだ。今こうやって向き合うことが出来るようになったことで、少しでも知ってもらえたのならばと考える。

最近でもまだまだ不育症の認知度は低いと思っている。

女性のみならず、男性にも知っていてほしいのだ。普通に妊娠して出産するということがいかに奇跡に近いことなのかということを。身体を傷めるのは女性だが、心は男性も女性と共に傷め寄り添ってほしい。それが一番の回復の近道ではないかと考える。（私はあまり寄り添ってもらえなかったので、余計にそう思うのが強いのかもしれない。）ただ傍にいて寄り添い抱きしめ包み込んであげてほしい。不育症で苦しむ皆さん夫婦がみなそうであって二人で乗り越えていってほしいと心から願っている。

元気にしていますか？　そちらの生活はどうですか？

いつもそばにいてあげることが出来なくてごめんね。

天空からも見えているとは思うけど、あなたたちの妹と弟は元気に夢に向かって頑張っています。あなたたちの分まで、たくさん泣いて笑って学んで、身体を動かして。たくさんの友達に囲まれて毎日楽しく生活しています。

あなたたちの妹は、歌うことが大好きで小学生から始めた合唱を大学に進んだ今も続けています。その歌声が届いていますか？　歌を聞くたびにあなたたちの元へ届くといいなぁと毎回思っています。澄んだソプラノの歌声は心を癒してくれるから。教員になる夢を抱き大学へと進学し、夢に向かって日々努力していますよ。夢が叶うように見守っててね。

弟は、今では高校球児を経てアメリカンフットボールを始めました。小学生から始めた野球にどっぷりと浸かって野球が生活の中心になっていました。試合の度に野球のユニフォーム姿。白球を追いかける姿。

バットから響く快音があなたたちの元へと届いているだろうと思っています。あの快音は心をスカッと気持ちよくしてくれますよ。今は大学で学業とアメリカンフットボールを両立しながら頑張っています。早くレギュラーになれるように見守ってくださいね。

あなたたちが授けてくれた二人の子供たちはあなたたちの分まで思う存分活躍していてくれています。これからも子供たちの活躍を天空から見届けてやってくださいね。

私は、自宅の庭から夜空を眺めては、あなたたちの姿を探しています。私の涙の雫と共に天空へと昇っていったあの星、この星、どの星もあなたたちに見えています。好きな食べ物は何だろう？　好きな遊びは何だろう？　そんな問いかけを幾度となく続けています。

夜空に向かい、語り掛けるのは私の日課になりました。車を降り、空を見上げて、今日も母は頑張れたかな？　あなたたちに胸を張れる母でいられたかな？　そんな言葉を伝え続ける私だけの時間。少しの時間しかないけれど、少しだけでも傍にいる気持ちにさせてね。

至らぬ母ではあるけれど、自分的には毎日頑張っているつもりです。母の姿も天空から見守っていてくれると嬉しいな。

この世に生を受けることができなくてごめんね。母の身体が悪くてごめんね。

でも、二人の妹と弟を授けてくれてありがとう。感謝の気持ちでいっぱいです。

母は、これからも、妹と弟を精いっぱい守るから、頑張るから、天空から見守っていてくださいね。

またいつかどこかでこの世に生を受けたあなたたちに会えることを願って。

天空の雫たちへ。

この度、一身上の都合により離婚いたしました。

何故？　と聞かれると一番に出てくる言葉は、「働かない旦那はいらない」ということ。

旦那は、子供が生まれる前から精神的な病状や身体的病状に苦しんでいた。その頃はストレスという言葉がメジャーではなく、原因も分からず、私たち夫婦は悩んでいた。

子供たちが物心がついた頃には、いつも寝込んでいる父親だった。一緒に遊ぶこともできず、旅行に行くこともできなかった。

会社には所属していたものの、休むことが多く、体調が悪いと誰彼構わず当たり散らすのだ。それが我が子であろうとお構いなしに。私は、子供たちを旦那から離すことで精一杯だった。

しっかり者の娘は3歳でありながら自分で実母へと電話をかけ「おばあちゃん、たいちゃんと一緒に泊まりに行っていい？　迎えにきてくれる?」と話していたのを見た時は自分自身が情けなくて涙が出た。1年の半分を寝込んで過ごしている旦那を行政は支援してくれるわけではない。私一人の収入で家族を養っていくしかないのだ。

私は一念発起して県外の病院での治療を決心し、旦那を入院させた。その病院で病名が付いた時は心から安堵した。その一言だった。3か月の入院を経て退院した後は落ち着いた時期が若干の間ではあるが続くことができた。だが、ほんのつかの間だったように思う。息子が小学6年生の時に別の病気で働けなくなった。その後約5年、全く働かなくなったのだ。仕事を探しているとはいうものの、ハローワークに行くでもなし、ネットで探しているという。でも、面接を受けるでもない。ネットが繋がらないと言っては拗ねる。タブレットを投げ出す。私から見れば、探していないのも一緒だ。

仕事をしていないことを指摘すると病気の自分をわかってないと逆ギレする。生活が苦しいことを伝えても他人事ですます。それ以上の言葉を放つと当たり散らすのだ。そして私はここで毎回旦那の主治医の言葉を思い出してしまうのだ。私の一言でうつ病を発症するかもしれないと。そうすると、私は何も言えなくなってしまう。その繰り返しだった。

上の娘は夢を抱き大学へと進学した。大学へ行かせてくれてありがとう。先に逃げてごめんと言葉を残して。大学進学も全て私の負担となる。旦那は他人事だ。

私の許容量がどんどん一杯になっていく。

どうにか娘を送り出した後になってあーだこーだと旦那が口を出してくる。

ビタ一文出してないもんが口を出すのはやめてくれ。そう心の中で繰り返す。

その頃、高校2年になった息子の進路を考える時期になっていた。その時、旦那が言った。

「行きたい大学があるならどこでも行っていいで。」それを聞いた私は、

旦那が心を入れ替えて仕事に就いてくれるのかと少し期待したのだが、その直後、

「まぁ、お金出すのは俺じゃないけどな！」

そう言って寝室へと入って行った。

私の脳内の大動脈が破裂する音が聞こえた。


ひとり親には行政や資金面での援助は色々とある。でも、片親が病人でも両親が揃っていれば、何の支援も無い。病院からも何の認定も無い。収入も無く、医療費だけが毎月滝のように出ていくのに。その頃の旦那は別に仕事に就けない状態ではないように思えたのだが、自分は具合が悪いと言う。私も自律神経失調症を患いメンタル的にも身体的にもボロボロだったのに。私の体調の悪さには何一つ気づかない。何も思いやってくれることはほぼなかった。

生活も苦しかった。銀行からも借金をした。

（今現在も絶賛返済中です！）無職の旦那は借りることはできない。全て私名義だ。自家用車も携帯も全て私名義での契約だ。

それでも旦那は他人事だった。辛くても他人には言えない。

笑ってごまかすしかないのだ。「どうやって生活しているの？」と聞かれても笑ってごまかすのが精一杯だった。

そうした時に息子が腰椎椎間板ヘルニアと診断された。腰の痛みを私たちに伝えることができずにずっと我慢し野球ではキャッチャーをしていたのだ。元々痛みに鈍感な息子が私に腰の痛みを訴えた時、気づけなかった自分を責めた。毎日見ていたはずなのにと。

病院で提示された治療法は三つ。

手術をするか、新薬の注射をするか、鎮痛剤で自然治癒を待つか。しかも息子のヘルニアは二か所あった。新薬の注射は一生に一度しかできないと言われた。判断に悩む。

息子は来年が高校最後の年になる。最後の夏をグラウンドの上でユニフォーム姿で迎えさせてやりたい。

息子も早く皆と同じメニューの練習がしたかった。主治医に早く治して欲しいと何度も訴えていた。息子のことを考えると最善の治療を受けさせてやりたい。

その話を旦那にした。旦那から返ってきた答えは「うちはお金がないから鎮痛剤で自然治癒を待てばいいんじゃない？　薬飲みながら野球すれば。」私の全身の血管が破裂したかのように思えた。

「もうだめだ。」私の頭の隅っこでそう声がした。その声が徐々に大きくなっていく。

そんな時、高校時代の友人に言われたのだ。「どう過ごしていてもそれが全て自分の人生なんだよ。」と。

私自身がこんなに辛くてもそれも私の人生なんだと。

それが嫌になった。こんなんで私の人生が終わるのは嫌だと。もう旦那を支えていくには私の身体もメンタルも限界だったのだ。

日曜日の夕方、アニメのオープニングが流れる中、「私はもうこんな生活は辛いし嫌だから離婚届書いて。」そう言って紙を差し出した。旦那は、驚いたような顔で私を見た。私は無表情で冷めた目をしていたはずだ。少し考えたような顔をしながら旦那は「わかった。」と離婚届を書き出した。

2年前にも一度切り出したこともあったからか今回は諦めたようだ。「証人はあんた側で二人書いてもらって。」と言って渡された。そして「今晩は泊めてください。明日出ていきます。」と旦那が言った。

夕食時にはいつもは言わない「いただきます。」と言って食事をし、「ごちそうさま。」と言って食事を終える。「おやすみなさい。」と言って早々に寝室へと入って行った。

翌朝、仕事だった私は、早々に出て行った。

旦那の名義の通帳やキャッシュカードをテーブルに置いて。

夕方家に帰ろうと思ったら旦那の友人から電話が入った。

「うちで預かってるから心配しないで。」と。

旦那の友人は私がもう役所に離婚届を提出していたことを知らない。

そのことを告げると、「そげかぁ」と寂しそうに言ってくれた。

旦那や私の気持ちが変わらないうち早々に行動したかった。その日のうちに実母へと離婚届を託し、実母はすぐに伯母に連絡を取り、伯母の署名をもらっていた。今までのことを全てわかっていた実母と伯母は早々に署名し私へと離婚届を渡してくれた。「今すぐ役所へ行きなさい。」との言葉を残して。そして私は役所へと行ったのだ。

自宅に帰ってみると、車もある、携帯も、通帳も。そのままだ。

書置きがテーブルの上に置いてあった。

「いたらぬ夫、父でごめんなさい。」と。

自宅をよく見ると娘の自転車が無い！

そう、旦那は車も携帯も名義が私だったので自転車で出て行ったのだ。

息子に話すと「ほーん。」と、「チャリどうする？」とお気楽な返事だ。息子は書置きにも興味はなかった。「いいんじゃね？　それで。そうしたいのなら。」と、あっさりとした対応だった。息子的には仕方のない対応だ。私と旦那のやり取りをうっすい壁越しに聞いていたのだから。姉ばかりを褒め称え自分をことごとく罵る、自分の希望を全く聞き入れることのない父の言動を目の当たりにしたのだから。

娘に書置きの写メを送り、事の成り行きを説明すると、「あー肩の荷が下りたわ。」と一言。いやぁ、娘さん、肩の荷が下りるのは母のほうじゃないかえ？

旦那が自転車で出て行ったことを告げると、「それってもしかして私の銀チャリー！！」

そっちかい！

父親より自転車かい！

息子は、遊びに行くからとオシャレをしていた。

私のアクセサリーボックスから「これ借りるよ。」と指輪を二個取り出し両手の人差し指にはめだした。

よく見るとそれは私の婚約指輪と結婚指輪だった。結婚指輪に石は付いてないものの、婚約指輪には私の誕生石が付いている。でもまぁ、埋め込まれている為そんなに目立つタイプの物でも無いがまだ早くないか？　と思いつつ息子を見つめていると、「もう用もないけんいいんじゃね？」と出かけて行った。

その後、息子は腰椎椎間板ヘルニアの手術を受け無事に退院した後、翌日には高校へ登校し、部活にも参加し、皆とは別メニューでリハビリを始めた。病院の先生に、「そんなに学校が好きなの？」と半分笑われてしまったが息子は必死だった。そのかいあって高校最後の夏にはユニフォーム姿でレギュラーとしてグラウンドに立つことができた。一回戦で負けてしまったのだが息子は必死で声を出し、バットを振り走った。

卒業式には手紙をくれた。今まで野球をさせてくれてありがとうと。

手術後にスタメン復帰はできないと諦めていたけど、スタメン復帰することが恩返しだと思って今までで一番努力したんだと。離婚後に私の笑顔が少しずつ増えていったのがとても嬉しかったと。今までありがとう。そして僕に野球を教えてくれたお父さんに感謝します。と書いてあった。私は、今までで一番泣いた。涙が止まらなかった。

嫌な思いも数え切れないほどさせたのに。

子供たち二人共感謝の思いを伝えることのできる子に育ってくれてありがとう。

これで母も気持ちを切り替えて前へ進むことができます。

あとがき

　不育症と聞いて、不育症の文字を見て、何人の方が本当の病気の症状を理解していてくれているのだろうと常に感じています。決して産まれた子供を育てることが出来ないという病気ではありません。

　不妊症については、まだ世間的認知もあるかと思います。

　ですが、不育症については、不妊症程の認知も無く当事者は表立って口にする方も少ないかと思います。こういう病もあることを当事者だけではなくこれから妊娠を迎える方や我が子や嫁や妻がもしかしたらという時にこの病を認知していただき、もしもの時に参考にしていただければと思います。ならないかもしれませんが。当事者本人はどうしても自分を責めてしまいがちです。それを和らげていただける手助けになればと考えます。私自身も自分の周囲を見ても同じ症状の方は殆どいませんでした。

当事者は一人悩んでいると思います。それを周囲が理解することは難しいことです。最近は動画等で周知されている方もいらっしゃいますが私は敢えてこの形をとりました。そういえばと思った時に読み返していただきたいと思ったからです。

私は離婚してしまいましたが、このような状況を共に乗り越えることができた夫婦には暖かく和やかな生活を送っていただきたいと思います。辛く苦しい期間を共に戦った相手ですし、嬉しい瞬間を共有できた戦友ですもんね。

私が、この自分の話を文章にしようと思ったきっかけは娘が作ってくれました。娘が好きな9人組の雪男さんのグループの動画を娘に勧められて観た時に「イチバンボシ」という楽曲に出会いました。その時、娘が教育実習で悩んでいた時でこの曲を聴いて頑張ろうと励ましていましたが、何度も聴くうちにその歌詞が自分が不育症と診断される前のもがき苦しんだ時期とものすごくリンクしていることに気付き自然と涙が零れ落ちたのです。その頃はまだ少しその頃のことを引きずっていた感覚があったかもしれません。このような形をとるという勇気もありませんでした。それでも何度も聴いていくと、聴くたびに背中を押されていきました。私の気持ちも前向きに向かせてくれたのです。この曲に支えてもらいこの作品が出来がっていきました。本当に彼らには感謝しかありません。

そして私に言葉を綴ることの難しさや喜び、文章を書くことの楽しさを教えてくれた亡き祖母、私の活動を陰ながらも何も言わず見守ってくれている母や子供たち、伯母やいとこたち、私の一番苦しい時期を支え続けてくれ、私の個性を認め続けてくれていた友達。復縁する気はありませんが、私に貴重な体験と経験と糧を与えていただけた元旦那に、遅くなったけど、この場を借りて感謝を届けることができればと思います。

いつもありがとう。感謝してもしきれないほどの愛情を与えてくださり心から感謝しています。その力を糧にこれからも前を向き歩んでいきたいと考えています。

そして、最後にこの本を手に取っていただいた方に心から感謝いたします。拙い文字の羅列で読みにくかったかとは思いますが、少しでもあなたの心の隅っこにでも佇ませていただければと思います。この本を手に取っていただいた方、皆さまが心豊かに今後の人生を歩まれるように出雲よりお祈り申し上げます。

著者プロフィール

のぎ ゆうた

島根県出雲市在住。
二人の大学生の子供を育てるシングルマザー。
娘と一緒に推し活を楽しんでいます。
不育症をもっと世間的に認知してもらうにはどうしたらいいかと模索中です。

天空《そら》の雫

2023年9月15日　初版第1刷発行

著　者　のぎ ゆうた
発行者　瓜谷 綱延
発行所　株式会社文芸社
〒160-0022　東京都新宿区新宿1－10－1
電話　03-5369-3060（代表）
03-5369-2299（販売）

印　刷　株式会社文芸社
製本所　株式会社MOTOMURA

ISBN978-4-286-24335-1